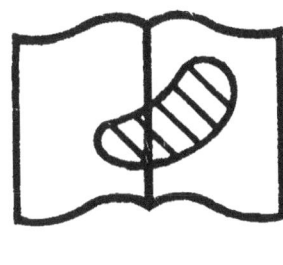

Illisibilité partielle

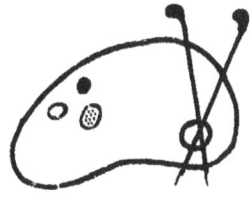

Couvertures supérieure et inférieure
en couleur

ALABLE POUR TOUT OU PARTIE

U DOCUMENT REPRODUIT

COUVERTURES SUPERIEURE ET INFERIEURE D'IMPRIMEUR

AVENTURES D'UN CHAT ANGORA

In-12 2me Série

Tant de génie s'éteint au fond d'une casserole.

AVENTURES

D'UN CHAT ANGORA

PAR

MARIE GUERRIER DE HAUPT

Lauréat de l'Académie française.

LIMOGES

Marc **BARBOU** & C⁹, Imprimeurs-Libraires

—

1884

AVENTURES

D'UN CHAT ANGORA

I

Où l'on voit que les chats eux-mêmes se mêlent d'être mécontents de leur sort.

Depuis longtemps il est reconnu que les gens les plus heureux sont ceux qui se trouvent le plus à plaindre et qui sont toujours mécontents. Le pauvre artisan, dont le travail suffit bien juste à nourrir sà famille, travaille gaiement sans

1..

DEBUT DE PAGINATION

se lamenter sur son malheureux sort, tandis que le riche, qui voit ses moindres désirs satisfaits, porte envie à ceux qu'il croit encore plus favorisés que lui par la fortune.

Jusqu'à présent, cependant, les animaux avaient été exempts de cette faiblesse. Si le bœuf gémissait en se voyant forcé d'aider le laboureur dans son travail, si l'âne se plaignait de recevoir plus de coups que de nourriture, si le chien supportait impatiemment la chaîne qui l'attachait à sa niche, du moins les animaux à qui il était permis de jouir d'une existence paisible, exempte de travail et de mauvais traitements, avaient-ils le bon esprit de se trouver satisfaits de leur sort. Le king's Charles, couché sur le fauteuil du salon, ne

gémissait pas en croquant les gim-
belettes qu'on lui présentait ; le
chat angora, étendu paresseuse-
ment devant la cheminée, ne se
trouvait pas fort à plaindre en bu-
vant le lait sucré préparé à son
intention dans une soucoupe de
porcelaine.

Un seul , un magnifique chat
angora justement, se mit un jour
en tête de se trouver le plus
malheureux des animaux de son
espèce.

Et pourquoi ? Voilà ce que plus
d'un, parmi ses pareils, auraient
été sans doute fort en peine d'expliquer.

M. Mistigris (c'était le nom de ce
chat misanthrope) appartenait à
une charmante petite fille de six
ans, nommée Caroline. Celle-ci
l'entourait des soins les plus ten-

dres et les plus attentifs ; elle partageait avec lui toutes les friandises qu'elle recevait de ses parents ; elle le préférait à tous ses joujoux ; elle ne trouvait pas un oiseau, un chien, un chat, parmi les favoris de ses petites compagnes , qui fût digne d'être comparé au superbe M. Mistigris.

Les choses allèrent au mieux pendant la jeunesse de celui-ci. Mistigris passait toutes ses journées auprès de Caroline ; tantôt ils faisaient ensemble de bonnes parties de course dans les allées sablées du jardin, tantôt ils s'amusaient tranquillement au salon. C'était un plaisir de voir la jolie petite fille courir de toutes ses forces, en tirant par un long cordon un petit cheval de bois cloué sur une planche à roulettes, et Mistigris faisait de vains efforts pour atteindre le jouet et s'en amuser à son tour.

Quand le mauvais temps obligeait les deux amis à garder la maison, Caroline s'ingéniait à trouver des moyens de distraire son petit camarade. Elle allait chercher les plus beaux de ses livres à images et lisait à Mistigris l'explication qui accompagnait la gravure (car à six ans, notre petite Caroline savait parfaitement lire).

Que Mistigris l'écoutât toujours avec une complète attention, c'est ce qu'il serait peut-être imprudent d'affirmer. Plus d'une fois, cherchant, lui aussi, les moyens de se distraire à sa façon, il lui arriva d'accrocher ses petites griffes dans la robe de mousseline ou dans le tablier de percale brodée de sa jeune maîtresse ; puis, en les retirant, d'arracher un grand morceau d'étoffe. Ceci, on le croira sans peine, était peu agréable à la maman de Caroline, qui aimait à voir sa petite fille habillée avec soin et qui trouvait que M. Mistigris aurait fort bien pu s'amuser avec la boule de papier qui était préparée à son intention et attachée par une ficelle au dos d'une chaise, sans mettre en lambeaux les vêtements de Caroline.

En avançant en âge, Mistigris, cependant, cessa de prendre plaisir à des distractions aussi puériles ; les courses folles dans les allées du jardin lui semblèrent monotones ; les lectures insupportables ; les broderies de la robe et du tablier de Caroline cessèrent d'attirer son attention. Il en vint même, l'ingrat !

à se lasser de la société de sa petite maîtresse, si bonne, si indulgente pour lui, qu'un jour elle avait eu le courage de ne pas crier quoiqu'il eût griffé sa menotte jusqu'au sang ; et cela dans la crainte de faire punir son cher Mistigris.

Mais il s'agissait bien, vraiment, de reconnaissance ! Mistigris s'ennuyait, et tout le monde sait qu'un chat qui s'ennuie est féroce ; il oublie les bons traitements dont il a été l'objet, il rend tous ceux qui l'entourent responsables de l'ennui qu'il éprouve, il est maussade, grognon, méchant quelquefois ; en un mot il devient un compagnon fort incommode et très désagréable.

Il y a des gens qui assurent qu'autrefois on trouvait des enfants d'un caractère analogue, qui devenaient insupportables dès qu'ils s'ennuyaient, et qui s'ennuyaient presque toujours. Ces enfants, dit-on, passaient des journées entières à répéter d'un air chagrin et de mauvaise humeur :

— Je m'ennuie ! — Dieu ! que je m'ennuie! — Je m'ennuie horriblement ! C'est singulier comme je m'ennuie!

S'il a existé jadis des enfants d'un pareil naturel, leur société devait, en effet, être extrêmement pénible. Mais comme assurément il n'y a plus maintenant d'enfants assez peu intelligents pour se plaindre de l'ennui qu'ils éprouvent sans chercher dans le travail ou dans quelque occupation un remède à cet ennui, nous n'avons pas à nous inquiéter de ce qui se passait à une époque si éloignée de la

Et lui sautant au visage, il la griffa profondément à la joue.

nôtre, et nous pouvons en revenir
à notre héros, M. Mistigris.

Ce chat incompris passait les
jours et les nuits à se désoler, à
gémir sur son malheureux sort.
Quoiqu'il n'eût paru écouter que
d'une oreille les lectures que lui
faisait Caroline, il en avait cependant retenu quelque chose. Les
aventures de « Pierre l'Ebouriffé»,
de «Nigaudin le distrait»,du chat de
« Dame Trotte », de celui de dame
Pinchon, dans les «Moustaches du
chat », s'étaient gravées dans sa
mémoire, et Mistigris était devenu
poète.

Oui, poète ! Oh ! ne riez pas ! Il
composait de longues élégies sur
la triste captivité où le retenait une
cruelle princesse nommée Caroline ! Il griffonnait, sur la terre humide des plates-bandes, des satires

amères contre les tyrans qui ne lui
permettaient pas d'aller à la chasse
aux souris, comme les chats du
voisinage , qu'il apercevait de
loin, courant sur les toits et grim-
pant le long des gouttières.

Mais le jardinier, incapable de
déchiffrer l'écriture de M. Mistigris,
effaçait impitoyablement les œuvres de ce poète à quatre pattes,
et maugréait contre les chats qui
venaient déterrer les rosiers ou les
pieds d'œillets qu'il avait plantés
avec tant de soin.

De sorte que notre chat, de plus
en plus incompris, se considérait
de plus en plus comme une malheureuse victime d'une injuste
oppression, et recommençait de
plus belle ses plaintes et ses lamen-
tations.

Caroline, malgré son peu d'expérience, remarquait bien qu'un grand changement s'était opéré dans l'humeur de M. Mistigris; elle ne savait à quoi l'attribuer, elle s'efforçait, à force de caresses et de friandises, de lui rendre sa gaieté d'autrefois.

Mais toutes ses attentions étaient reçues par M. Mistigris avec une froideur dédaigneuse. Le prenait-elle sur ses genoux pour lui montrer de nouvelles images, il se débattait si fort que la petite le laissait échapper; l'appelait-elle doucement en agitant devant lui la boule de papier avec laquelle elle avait l'habitude de le faire jouer, il s'éloignait sans même paraître l'avoir aperçue.

Puis il allait se placer auprès de la porte, attendant une occasion favorable pour s'enfuir de la maison hospitalière où, depuis sa plus tendre enfance, il avait été aimé, choyé, gâté comme s'il eût été vraiment un personnage d'importance.

Deux fois il réussit à s'échapper, et deux fois des domestiques eurent l'adresse de s'emparer de sa personne et de le ramener au logis.

Désespéré, comme bien on le pense, d'avoir vu échouer d'une façon si malheureuse ses tentatives d'évasion, M. Mistigris, pour son chagrin, eut de nouveau recours à la poésie. Il se plut a chanter sur tous les tons les tourments de l'esclavage. Il composa une romance ayant pour titre : « Les plaintes d'un captif; » une ode adressée « Aux oppresseurs des animaux domestiques! » S'il avait pu faire traduire cette pièce en langue vulgaire, il l'aurait probablement offerte à la société protectrice des animaux et serait ainsi arrivé à la célébrité qu'il ambitionnait ; mais personne ne le comprenait, et d'ailleurs il n'aurait pas voulu se fier à ceux qu'il considérait comme ses ennemis.

Il est vraiment à regretter que ses œuvres littéraires soient ainsi tombées dans l'oubli. M. Mistigris, — et bien d'autres poètes oubliés comme lui, — aurait pu, sans doute, devenir célèbre s'il se fût trouvé une seule personne capable de comprendre ses vers et de les traduire en langage connu.

Après sa seconde évasion manquée, le caractère de M. Mistigris devint encore plus sombre et plus chagrin. Son humeur était si farouche que la maman de Caroline n'aimait pas à voir sa petite fille s'approcher de lui, car elle craignait toujours qu'il ne lui donnât quelque coup de griffe.

Il ne songeait pas, cependant, à se rendre coupable d'un pareil méfait. S'il était triste et préoccupé, c'est qu'il regrettait sans cesse de ne pas pouvoir communiquer ses idées à un individu de son espèce, capable de le comprendre et d'apprécier la supériorité, que ses lectures avaient dû lui donner sur des chats qui n'avaient d'autre occupation que de se promener ou d'aller à la chasse. De plus, malgré ses tentatives malheureuses, il rêvait continuellement aux moyens de s'enfuir, d'échapper à une captivité qui lui devenait de plus en plus odieuse, et qu'il se sentait

incapable de supporter plus longtemps.

Un jour que, plus sombre encore
qu'à l'ordinaire, il était blotti dans
un coin de la salle à manger, il
entendit la maman de Caroline dire
à celle-ci :

— Ma mignonne, je te défends
de jouer avec le chat ; il paraît de
mauvaise humeur et pourrait te
griffer.

— Si ce chat est méchant ,
reprit le papa de Caroline, il vau-
drait mieux s'en défaire que d'ex-
poser notre petite fille à être bles-
sée par lui.

— Oh, non, papa ! supplia Caroline ; vous voyez bien qu'il n'est
pas méchant ; il m'a griffé une
seule fois, il y a bien longtemps,
quand il était tout petit ; mais maintenant il ne griffe plus ! N'est-ce

pas, mon beau minet, que tu n'es pas méchant ?

Et la petite, s'approchant de M. Mistigris, malgré la défense de sa maman, lui passa doucement la main sur le dos.

— S'il t'avait griffée, il est bien évident qu'il ne resterait pas une heure ici, répondit le papa; mais son départ ne réparerait par le mal qu'il t'aurait fait.

. Mistigris tressaillit en écoutant ces paroles. Eh quoi, s'il donnait un coup de griffe sur la petite main qui le caressait en ce moment, il obtiendrait aussitôt cette liberté tant désirée et après laquelle il soupirait depuis si longtemps! Une sorte de vertige s'empara de lui; en moins d'une seconde, il repassa dans sa mémoire tous les griefs qu'il croyait avoir contre Caroline: N'était-ce pas celle qui le retenait prisonnier ? N'était-ce pas pour lui être agréable, que par deux fois, on l'avait repris au moment où il croyait voir enfin luire des jours meilleurs ? Toutes ces pensées se pressant en foule à l'esprit de M. Mistigris, il se sentit peu à peu envahir par la colère, qui, se changeant bientôt en véritable rage, lui fit oublier toute retenue. Se reculant alors en grondant sourdement, le chat fixa sur sa jeune maitresse un regard furieux, ses poils se hérissèrent, son dos se souleva, et bientôt, prenant son élan, Mistigris s'élança sur Caroline, au moment où celle-ci reculait à son tour, terrifiée par cette fureur inattendue, et lui sautant au visage, il la griffa profondément à la joue ; peu s'en fallut que l'œil de la pauvre petite ne fût atteint.

Un cri d'effroi s'échappa de toutes les bouches; on courut à l'enfant, on lui prodigua des soins; puis ensuite on songea au chat, auteur de tout le mal.

— Où est-il, ce maudit animal ? s'écria le papa de Caroline. Il faut l'assommer sans pitié.

— Le voici! fit tout à coup un domestique en apercevant M. Mistigris, qui s'était réfugié sous une table en entendant cette menace.

Le chat, se voyant découvert, s'élança hors de sa cachette; mais le domestique fut assez leste pour lui donner un rude coup de pied qui arracha au poète incompris un miaulement douloureux.

Heureusement pour lui qu'un

autre valet ouvrait au même instant
la porte de la salle. Mistigris profita de cette bonne occasion et s'enfuit, sans que cette fois personne
se mit en peine de courir après
lui.

— Est-il vraiment parti ? demanda le père de Caroline ; s'il est parti, tant mieux ; mais si jamais il
vient rôder autour de la maison,
j'entends qu'on le reçoive avec des
coups de bâton assez bien appli-
qués pour lui ôter à jamais l'envie
de revenir.

Mistigris cependant ne songeait
guère à revenir. Il s'efforçait, au
contraire, de mettre la plus grande
distance possible entre lui et ceux
qu'il nommait ses persécuteurs.

Dans ce dessein, il marcha sans
s'arrêter jusqu'au soir. Alors, n'en
pouvant plus, mourant de faim et

2.

de fatigue, il s'arrêta pour prendre un peu de repos, sûr désormais qu'il était trop loin de sa prison pour avoir à craindre d'être repris une troisième fois.

Cependant comme il était au milieu d'une rue, deux enfants qui passaient le remarquèrent bientôt.

— Oh ! le beau chat angora! dit l'un.

— Tâche de le prendre ! dit l'autre.

Ce mot était à peine prononcé, que M. Mistigris, malgré sa fatigue, se remettait en marche, et se hâtait de gagner la campagne.

Il arriva dans un petit bois voisin de la ville et essaya de grimper à un arbre pour y passer la nuit en sûreté. Malheureusement, ses jolies griffes, habituées à jouer avec la soie et la mousseline, n'avaient pas la force nécessaire pour s'accrocher à l'écorce des arbres ; il fut donc obligé de passer la nuit sur le gazon humide.

Or, comme M. Mistigris était frileux, que de plus il était à jeun, ce qui le rendait encore plus sensible au froid, cette nécessité lui parut extrêmement pénible.

Mais le lendemain, un beau soleil, en réchauffant ses membres engourdis, lui rendit sa bonne humeur,

— Je suis libre! se dit-il avec joie.

— Mais j'ai faim! lui répondait tristement une voix intérieure, laquelle parlait plus haut encore que l'amour de la liberté.

Les accents plaintifs de cette voix nuisaient même à l'enthousiasme, qu'en vrai poète, M. Mistigris ne pouvait manquer d'éprouver devant le spectacle grandiose de la nature, par une belle matinée de printemps, spectacle qu'il contemplait ce jour là pour la première fois.

Allons à la chasse! se dit notre héros, en se rappelant combien, la veille encore , il portait envie à ceux de ses semblables qui pouvaient se permettre ce plaisir, que les plus grands monarques n'ont pas dédaigné.

— Allons à la chasse ! répéta-t-il avec enthousiasme; allons à la chasse, car tel est notre bon plaisir, et maintenant, nous sommes libre !

II

Comment M. Mistigris, en croyant aller à la
chasse, se trouva servir de gibier, et comment
il reconnut qu'entre chiens et chats aucune
sympathie ne saurait exister.

M. Mistigris, ayant ainsi résolu
d'inaugurer son premier jour de
liberté en se donnant le royal plaisir d'une partie de chasse, se mit
en quête de gibier. Il se trouvait
dans une petit bois attenant à un
parc magnifique et dépendant d'un
beau château, dont on apercevait

au loin les blanches tourelles et les girouettes tournant à tous les vents. La veille, il avait pénétré dans ce bois par une trouée faite dans les buissons qui en marquaient la limite ; mais il était si fatigué alors, qu'il n'avait pas même remarqué l'endroit par lequel il était entré.

Ceci d'ailleurs avait pour lui peu d'importance ; le bois et le parc étaient assez étendus pour qu'un chat retenu jusqu'alors prisonnier dans un salon s'y trouvât fort à l'aise. De plus, les buissons étaient peu élevés, et, en cas de danger, il n'aurait pas été difficile à M. Mistigris de les escalader. Mais, ainsi que nous l'avons dit, il n'y songeait en aucune façon ; il se trouvait satisfait de son nouveau domaine et le parcourait lentement, regardant d'un air doux et bénin

Castor a l'air d'être en arrêt devant ce buisson.

les moineaux qui voltigeaient d'arbre en arbre, et rêvant aux moyens de se procurer le plus tôt possible un déjeuner à sa convenance.

Tandis qu'il était ainsi préoccupé, il lui sembla entendre au loin, du côté du château, les aboiements de plusieurs chiens. Il ne s'en inquiéta pas d'abord, trouvant le parc, qu'il nommait une forêt, assez étendu pour que plusieurs espèces ennemies pussent y vivre sans jamais se rencontrer. Cependant comme le bruit se rapprochait. M. Mistigris résolut d'agir avec prudence et de s'assurer, avant de songer à déjeuner, qu'aucun danger ne le menaçait.

Dans ce dessein, il se blottit entre les branches d'un buisson d'aubépine, et, sûr d'échapper à tous les regards, il attendit que le chiens vinssent à passer devant lui, ainsi que les personnes qui les accompagnaient, et dont maintenant on entendait distinctement la voix.

Il n'attendit pas longtemps. Bientôt apparut un beau chien de chasse suivi d'un charmant petit toutou, de ceux qu'on appelle havanais. Tous deux jappaient, couraient, gambadaient, faisaient mille folies, au grand plaisir de leurs maîtres, deux petits garçons de huit et de douze ans.

— Vois donc, Charles ! dit tout à coup le plus jeune ; Castor à l'air d'être en arrêt devant ce buisson.

— Ah ! toi, Paul reprit Charles, tu te figures toujours que ton chien va te rapporter du gibier ! Si c'était mon petit Fox, passe encore, il est

bien dressé pour la chasse, lui !
Mais Castor n'en a nul souci. Il jappe par plaisir et ne rapportera rien.
Nous pouvons retourner au logis
avec la certitude d'une fête manquée.

— Cependant, répondit Paul, je
t'assure qu'il sent du gibier, car il
est en arrêt et ne bougerait pas
malgré notre appel. Fox, de son
côté, a l'air fort soucieux. Assurément un lièvre ou un lapin sauvage se promène derrière le buisson. Comment expliquerais - tu
autrement la position que prennent
les chiens ? Je t'assure qu'une
drôle d'aventure nous attend. Quel
malheur de ne pas avoir de fusils
de chasse! Quelle surprise agréable nous ferions à la cuisine!

Comme je prendrais plaisir,
quand je serai grand, à me prome-

ner dans les bois avec un bel attirail de chasse et une bonne meute !

Au reste papa m'a promis de m'amener avec lui dans quelques années pour poursuivre le gibier. Tu entendras parler de mes exploits.

Cette réflexion fit pousser de grands éclats de rire à Charles, qui entrevoyait déjà les mécomptes du futur Nemrod.

Pendant tout ce colloque, Mistigris s'était toujours tapis derrière le buisson. Il ne bougeait pas et suivait les moindres gestes des chiens et des petits garçons. Il préférait mille fois attendre l'issue de cet incident, dans ce lieu ombragé de beaux arbres, à travers le feuillage desquels ses yeux distinguaient un nombre infini de nids

d'oiseaux, que de chemmer péni-
blement sur une grande route cou-
verte de poussière , sans avoir
même la certitude de trouver une
retraite sûre pour la nuit et un repos suffisant pour réparer ses forces épuisées par le voyage de la
veille.

Au lieu donc de chercher à échapper par la fuite au danger qui le
menaçait, M. Mistigris se contenta
de gronder, sourdement d'abord,
puis de plus fort en plus fort, à
mesure que les chiens se rappro-
chaient de lui.

Lorsque la dernière branche,
brisée par les dents de Castor ,
eut laissé à découvert l'abri
qu'il avait choisi, notre chat, se
repliant sur lui-même, bondit jusqu'aux yeux de Castor et lui allongea un coup de griffe qui arracha

au chien un hurlement de douleur
et terrifia les deux enfants.

— Prends garde, Paul ! s'écria
Charles en éloignant son jeune
frère ; c'est un chat sauvage !

Mais le brave petit Fox avait
déjà vengé son camarade en se
précipitant sur Mistigris, qui, à
son tour, fit entendre un miaulement
de rage en sentant les dents aiguës
du bon petit chien s'enfoncer dans
son cou.

Il réussit à grand'peine à lui
échapper, et cette fois, sans perdre
de temps à raisonner, il gagna en
toute hâte l'arbre le plus voisin et
chercha un refuge entre les branches, non sans abîmer quelque peu
ses griffes roses.

Les aboiements des chiens, les
cris des enfants attirèrent le jardi-

nier, à qui Charles raconta ce qui s'était passé.

— C'est un chat sauvage, dit l'homme; et peut être est-il enragé; il faut vous en débarrasser au plus tôt. Je vais chercher mon fusil pour le tuer. Vous pouvez rester là, car tant que les chiens seront au pied de l'arbre, je crois qu'il n'y a pas de danger qu'il en descende.

Le jardinier parti, M. Mistigris, qui avait entendu ses paroles, se mit à réflechir sur sa situation ; et, nous devons l'avouer, ses réflexions étaient loin d'être couleur de rose. S'il restait sur l'arbre, sa mort était certaine; s'il tentait de s'éloigner, les deux chiens lancés à sa poursuite l'étrangleraient très-probablement. De toutes manières il se voyait perdu, et cette liberté

qu'il avait tant désirée ne lui semblait plus si digne d'envie.

Suivant son habitude lorsqu'il
éprouvait quelque embarras (et
certes celui où il se trouvait alors
était des plus graves), il chercha,
parmi les nombreuses anecdotes
dont sa mémoire était ornée, s'il
ne s'en trouvait pas une pouvant
lui indiquer un moyen de sauver
sa vie. Il se rappela que, dans les
cas extrêmes, beaucoup de héros
avaient employé des moyens désespérés, qui, dans d'autres circonstances, auraient paru témérai-
res et déraisonnables. Il se souvint
aussi que des braves avaient con-
senti parfois à se servir de certaines
ruses, appelées ruses de guerre, et
que de grands généraux, lorsqu'ils
n'étaient pas en force, avaient sou-
vent usé de stratagèmes ingé-

nieux pour éviter une défaite complète.

En conséquence, il se décida à employer sur le champ (car le jardinier pouvait revenir d'un moment à l'autre) un moyen désespéré. Il s'élança d'un bond au bas de l'arbre, mais il avait si bien pris ses mesures qu'il vint tomber aux pieds de Charles, où il se coucha d'un air doux et soumis.

Les deux chiens l'attaquèrent presque au même moment ; cependant une seconde avait suffi pour que Charles remarquât l'air doux et craintif du magnifique chat angora qui semb'ait réclamer sa protection.

— Paix! dit-il aux deux chiens ; éloignez-vous un peu. Regarde donc, Paul, ajouta-t-il ; il n'a pas l'air enragé du tout, ce chat ; ni même sauvage.

Paul, qui plus poltron se tenait à l'écart, s'approcha avec précaution et partagea la surprise de son frère en voyant M. Mistigris faire le beau et miauler d'un air doux et suppliant, comme s'il eût voulu demander grâce.

Sur ces entrefaites, le jardinier revint.

— Eh bien, fit-il, où est donc cet animal enragé ? Je vous réponds qu'il n'a pas longtemps à vivre !

Eperdu de terreur, Mistigris se rapprocha de Charles, qui le prit dans ses bras.

— Le chat n'est pas enragé du tout, répondit Paul ; voyez plutôt comme il se laisse caresser par

Charles et comme il a l'air content! Nous nous étions trompés !

Ce fut au tour du jardinier d'être étonné.

— C'est pourtant vrai, dit-il en s'approchant pour voir M. Mistigris. Mais c'est qu'il est tout à fait beau ce chat ! Il a faim, donnez-le-moi ; je vais le porter à ma petite fille qui en aura bien soin.

— Non, non! dit Paul vivement ; il est trop joli, je le garde ; je vais l'emporter tout de suite et je lui donnerai du lait sucré !

Malgré son goût pour le gibier, notre héros aimait beaucoup le lait sucré. De plus il avait grand'faim, il applaudit donc tout bas aux paroles de Paul, et les deux enfants reprirent le chemin du château. Le plus jeune portait Mistigris, l'aîné retenait les chiens qui étaient de fort mauvaise humeur ; aussi de temps en temps leurs aboiements excitaient-ils à un tel point la colère du chat que celui-ci ne pouvait s'empêcher de jurer.

Il fut bientôt admis dans l'intimité de Paul et de Charles, malgré les bruyantes réclamations de Fox et de Castor, uu peu délaissés pour le nouveau favori. Mistigris sut, par ses manières gracieuses et insinuantes, se faire bien venir de tous les habitants de la maison, depuis les maîtres jusqu'au dernier des marmitons, qui, sensible à ses flatteries, mettait de côté pour le régaler les plus friands morceaux de la desserte, ce dont maître chat s'accommodait on ne peut mieux.

M. Mistigris devait donc être, au résumé, satisfait de sa nouvelle situation ; il jouissait d'une entière liberté sans avoir à redouter aucun danger. Les deux chiens, qui sans doute ne l'aimaient guère, avaient cependant compris qu'il serait inconvenant et peut-être imprudent à eux de manquer d'égards envers l'hôte si bien accueilli par leurs maîtres, aussi, quoiqu'ils s'abstinssent de toute démonstration amicale, se montraient-ils à son égard d'une politesse extrême.

Cependant, si Mistigris trouvait sa nouvelle situation préférable à l'ancienne, tous ses rêves n'étaient pas encore réalisés. Il avait jadis, on se le rappelle, regretté de ne pouvoir converser avec des individus de son espèce, leur communiquer ses œuvres littéraires et voir son mérite, son génie appréciés par eux. Or, dans sa nouvelle demeure, il n'était pas moins isolé que dans celle qu'il avait quittée. Charles qui l'avait pris en grande amitié et qui vantait bien haut son intelligence, était cependant incapable de comprendre la supériorité de Mistigris sur tous les autres chats.

Il lui arrivait même, lorsqu'on avait négligé de donner la pâtée à ce poète méconnu, de s'écrier d'un ton de commisération : Pauvre bête!

— O cruelle destinée! soupirait Mistigris, ô dérision amère! c'est de la bouche de mon meilleur ami que je dois entendre la plus sanglante injure ; c'est de lui que je dois recevoir un pareil outrage.

Et, penchant mélancoliquement sa tête vers la terre, il allait promener à pas lents dans les allées

du parc ses rêveries misanthropi-
ques.

Parfois, en certains jours où son
isolement lui semblait plus pénible,
il avait eu l'idée de lier connaissance avec Fox, dont il supposait
l'intelligence plus développée que
celle de Castor. Mais la réserve
hautaine des deux chiens le gênait,
il craignait que ses avances ne fus-
sent mal accueillies, et son embarras était des plus grands.

Enfin un jour n'y pouvant plus
tenir, trouvant que de tous les
maux la solitude était le plus in-
supportable, M. Mistigris se décida à faire les premiers pas.

Il profita d'un moment où Castor
était à la promenade, et où Fox,
resté seul dans la salle à manger,
sommeillait à demi, roulé sur une
chaise.

M. Mistigris, qui était un profond
diplomate, avait depuis longtemps
mis en réserve, pour le cas où pa-
reille occasion se présenterait, certain morceau de sucre oublié sur
une table. Il savait que Fox avait
pour le sucre une étrange faiblesse, et il avait formé le projet
machiavélique d'exploiter cette faiblesse pour gagner les bonnes grâ-
ces de Toutou.

Donc, saisissant délicatement le
morceau de sucre entre ses petites
dents blanches, M. Mistigris sauta
légèrement sur une chaise placée
à côté de celle où Fox était couché, et, après avoir déposé son
présent devant le petit chien, il lui
tint à peu près ce langage:

— En ma qualité d'observateur,
poète et philosophe, j'ai su apprécier vos rares qualités, et, quoique

Il allait plus vite que le vent.

nos races soient ennemies, je suis
trop impartial pour ne pas rendre
justice à votre mérite. D'ailleurs,
pourquoi devrions-nous partager
la haine qui divise nos familles ?
Prouvons au monde entier notre
supériorité en nous élevant au
dessus de vulgaires préjugés, en
les méprisant comme doit être
méprisé tout sentiment étroit et
mesquin! C'est moi, poète, moraliste, improvisateur, moi, Mistigris.
dont le nom passera certainement
à la postérité; moi, qui, protestant
contre cette ridicule et puérile
vanité, mobile trop habituel, non
seulement des actions de l'espèce
humaine, mais même de celles des
races intelligentes comme les nô-
tres, c'est moi, ô très cher Fox,
qui viens vous offrir mon amitié et
vous demander la vôtre en échan-
ge !

Tout fier de cette soi-disant improvisation, préparée de longue main et qu'il trouvait brillante, Mistigris, attendit un instant une réponse. Mais Fox se bornait à fixer sur lui ses beaux petits yeux noirs, et ne semblait nullement disposé à prendre la parole à son tour.

Mistigris, impatienté et peut-être humilié de ce silence, supposa que Fox n'avait pas vu son cadeau. Avançant donc une de ses pattes blanches, il poussa légèrement le morceau de sucre jusqu'à lui faire toucher le nez du petit chien.

Celui-ci, mécontent de se voir traité si familièrement par un personnage qu'il ne lui convenait pas d'admettre dans son intimité, poussa un sourd grognement et quitta sa place sans daigner jeter un regard sur le morceau de sucre offert à sa convoitise.

Furieux de cet outrage, Mistigris, oubliant soudain les beaux sentiments qu'il affichait un instant plus tôt, bondit jusqu'au petit chien et lui sauta aux yeux en jurant d'une façon formidable. Fox , toujours brave, se défendait de son mieux, mais tous les deux faisaient un horrible vacarme.

Le bruit fut tel, que Paul et Charles qui jouaient au jardin sous les fenêtres de la salle et s'amusaient à transporter du sable dans une petite charrette , l'entendirent et vinrent en toute hâte mettre fin au combat.

En apercevant son maître, Fox tout haletant courut à lui, et Mistigris, emporté par la colère, osa le poursuivre. Charles le chassa avec indignation.

— Vilaine bête! s'écria-t-il, est-ce ainsi que tu tourmentes mon beau Fox, mon cher petit chien? Veux-tu te sauver, méchant chat! Je te défends d'approcher!

Bon gré, malgré, Mistigris dut s'éloigner, même il jugea prudent d'aller se réfugier sous un meuble.

— Mon pauvre petit Fox! répétait Charles en carressant le chien, tu as eu grand'peur de ce méchant animal! il aurait pu te crever les yeux! Pauvre Toutou! Regarde-le, Paul, il est encore tout tremblant! Que pourrions-nous lui donner pour le remettre de sa frayeur?

Paul regarda tout autour de lui, et aperçut le morceau de

sucre posé sur une chaise par Mistigris.

— Tiens! fit-il, du sucre!

Il avait à peine dit ces mots que
Fox, oubliant la bataille et l'émotion
qu'il avait ressentie, s'échappa des
mains de Charles et vint faire le
beau devant Paul pour avoir le
morceau de sucre.

— Ah! gourmand! s'écria Charles qui prit le sucre en riant aux
éclats. Je veux bien te le donner
mais il faut que tu le gagnes!

Obéissant à un signe de son maître, Fox s'élança sur un siège, et
gravement assis sur ses pattes de
derrière, il attendit que le morceau
de sucre fût placé en équilibre sur
son nez.

— Là! fit Charles; voilà qui est
bien. Maintenant, monsieur, atten-
dez, pour bouger, que j'aie compté

jusqu'à dix. Un, deux, trois, six, huit, neuf et dix! A la bonne heure! vous pouvez manger votre sucre, je suis content de vous.

Et Fox qui, au mot de « dix », avait jeté le sucre par terre, se mit à le croquer à belles dents.

— Infâme lâcheté! grondait tout bas M. Mistigris, caché sous un des buffets de la salle. Ce misérable chien flatte bassement son maître pour obtenir de lui le sucre qu'il a refusé lorsque je le lui offrais! Oh! je comprends maintenant l'antipathie qui existe entre les chiens et les chats! Ils se sont avilis par la domesticité, ils ont complètement perdu le sentiment de leur dignité, tandis que nous avons su, même en acceptant la société de l'homme, conserver notre indépendance. On ne nous soumet pas, nous n'obéissons pas, nous ne venons pas, comme le chien, au moindre appel du maître, nous ne léchons pas servilement la main qui nous frappe ! Nous avons conservé notre caractère primitif ! Quelque doux que nous soyons, l'homme tremble devant nous et n'ose nous maltraiter, car il craint notre vengeance. Ce roi de la création n'a pu parvenir à nous dompter, tandis qu'il a réduit facilement le chien en esclavage ; voilà pourquoi notre race sera toujours supérieure à cette race méprisable, et pourquoi nous ne pouvons, sans compromettre notre dignité, nous abaisser jusqu'à traiter les chiens comme nos égaux.

Ayant ainsi formulé intérieurement son opinion et pansé en quelque sorte la blessure faite à son

4

amour propre, M. Mistigris se sentit l'esprit plus calme. Après s'être assuré qu'il n'y avait plus personne dans la salle, il profita de ce qu'une fenêtre était restée ouverte pour s'enfuir dans le jardin, et de là il gagna le parc, où il se trouvait plus en sûreté pour réfléchir tranquillement au parti qu'il devait prendre.

III

Joie de M. Mistigris en retrouvant, en Allemagne, un de ses compatriotes. — Résultat de
cette rencontre.

On dit que les chats s'attachent,
non pas aux personnes qui les soi-
gnent, mais aux maisons qu'ils
habitent. M. Mistigris, quoiqu'il se
crût bien supérieur aux animaux
de son espèce, n'en partageait pas
moins leurs instincts. Après avoir
quitté sa première demeure, il avait
déjà souffert du changement inévi-

table qui avait eu lieu dans ses habitudes , et il avait fallu tous les bons traitements dont il était l'objet au château pour qu'il s'y habituât.

Maintenant, il s'agissait pour lui de déménager une seconde fois ; et, tout en comprenant l'impérieuse nécessité qui lui imposait cette résolution, M. Mistigris regrettait les repas succulents, le coucher moelleux qu'il était forcé d'abandonner.

Il va sans dire qu'il ne donnait pas même une pensée à Charles et à Paul qui l'avaient sauvé, qui l'avaient recueilli et l'avaient comblé d'attentions. Nous savons déjà que la reconnaissance n'était pas une des vertus de M. Mistigris.

Cependant, comme il était philo-

sophe et savait prendre son parti
des nécessités amenées par les
circonstances , il s'efforça d'oublier sa contrariété en se répétant :

— Il est peut-être fort heureux
que je me trouve dons l'obligation
de voyager de nouveau. Comme je
suis observateur, je ne laisserai
échapper aucune occasion de faire
des remarques sur les choses et
les gens que je rencontrerai en
route ; j'augmenterai ainsi la somme des connaissances qui doivent
m'aider à rendre mon nom célèbre.
Qui sait même, ajouta notre héros
en soupirant, si dans mes voyages
je ne trouverai pas un ami, un frère , capable de me comprendre ,
d'apprécier mon mérite ; car (puisque je suis seul, il est utile de faire
le modeste) on a vu peu d'êtres de

4

mon espèce doués de qualités aussi brillantes que les miennes, d'une intelligence aussi remarquable.

L'espoir de trouver enfin un auditeur complaisant rendit à M. Mistigris toute sa gaieté, et il s'occupa de préparer sa fuite.

Il rentra au château avec toutes les précautions que lui suggéra la prudence la plus excessive, et parvint, sans avoir été remarqué, jusqu'à l'endroit où le petit marmiton, son ami, déposait chaque matin, à son intention, une assiette d'excellente pâtée.

Là, M. Mistigris fit un repas copieux, comme il convient à un voyageur qui n'est pas sûr de trouver sitôt un bon dîner.

Puis, la nuit étant venue, il sauta par dessus la haie qui entourait le parc et se trouva sur la grande route.

Il faisait un temps magnifique, aussi notre héros à quatre pattes marcha-t-il toute la nuit sans éprouver de fatigue.

Le matin il arriva dans un village et tomba au milieu d'une troupe de petits paysans qui jouaient ensemble.

— Oh! le beau chat! Voyez donc! s'écria l'un des enfants.

— Il faut l'attraper!

Le mot était à peine prononcé, que la bande joyeuse entourait Mistigris.

En vain chercha-t-il à s'échapper, en vain fit-il entendre les jurements les plus formidables; il fut bientôt saisi et solidement tenu en respect par deux robustes garçons de dix à douze ans.

— Qu'est-ce que nous allons en faire? demanda quelqu'un.

Là était l'embarras. L'un voulait lui attacher des coquilles de noix aux quatre pattes et le faire courir avec ces sabots d'un nouveau genre; un autre était d'avis de le pendre la tête en bas; un troisième voulait lui attacher à la queue un morceau de tôle qui produirait un vacarme effrayant lorsque l'animal se mettrait à courir.

Ce dernier avis prévalut, mais l'idée fut perfectionnée par le petit vaurien chargé de la mettre à exécution. Ce méchant enfant, nommé Baptiste, alla chercher, dans de vieilles ferrailles, deux ou trois couvercles de tôle mis au rebut. Il les réunit à l'aide d'une ficelle et les attacha solidement à la queue de la victime qui faisait eutendre des cris de rage et de douleur.

Puis, non satisfait encore, il passa un fil dans plusieurs coquilles de noix et les suspendit au cou du chat. Après quoi, couvrant un instant de ses mains les yeux de Mistigris, il les retira tout à coup et le laissa libre de s'éloigner.

Au même moment, les petits bourreaux poussèrent tous ensemble des cris perçants qui portèrent au comble la terreur du malheureux Mistigris. Aveuglé par le passage soudain de l'obscurité à la lumière, fou de colère et d'effroi, le chat s'enfuit en effet, poursuivi par les cris des enfants et par l'infernal tapage qui redoublait à mesure que la rapidité de sa course augmentait.

Il allait plus vite que le vent et

sortit bientôt du village. Mais il avait beau fuir, il ne pouvait éviter le vacarme qu'il portait avec lui ; ses poils étaient hérissés, ses yeux avaient une expression féroce, et les paysans qu'il rencontrait sur sa route s'éloignaient de lui en répétant :

— Il est enragé! Oh ! la vilaine bête !

Comblen de temps courut-il ainsi? Bien longtemps sans doute, car la nuit le surprit courant encore pour échapper au bruit qu'il ne pouvait éviter et qui l'effrayait tant.

Epuisé de fatigue, de faim et de peur, il se laissa tomber, à moitié mort, sur le gazon. Mais la corde qui tenait les morceaux de tôle et celle qui était passée autour de son cou lui cansaient des souffrances si horribles qu'il se mit à miauler comme un désespéré et à se rouler sur le gazon pour essayer de se débarrasser du cadeau qu'il devait à la malice de ses ennemis.

On peut se faire l'idée du vacarme qui résultait de ses efforts infructueux. Qoique la route parût déserte à cette heure avancée (il faisait déjà nuit), ce vacarme fut entendu, car Mistigris vit une lumière se diriger vers lui et entendit une voix de femme s'écrier avec un accent méridional :

— Qu'est-cé qu'il y a donqué par là pour fairé oun pareillé tapagé ?

En disant ces mots la femme, qui portait une lanterne à la main, arriva près de Mistigris qui la reçut avec des grondements de colère et voulut la griffer dès qu'elle avança la main vers lui.

Mais elle ne semblait pas facile à effrayer, car, posant tranquillement sa lanterne par terre, elle s'agenouilla auprès de notre héros, s'efforçant de le calmer par de douces caresses.

— La la, touté doucé, mon beau Minété, disait-elle, jé né veux pas té fairé dé mal, au contrairé, jé veux té débarrasser de ce fardeau qui té gêné.

Quoique l'irritation causée par la souffrance eût quelque peu troublé les idées de Mistigris, il comprit néanmoins les intentions de la bonne femme et n'opposa plus aucune résistance.

Quand elle eut réussi, non sans peine à détacher les coquilles de noix et les odieux morceaux de tôle dont le bruit l'avait poursuivi pendant si longtemps, notre héros éprouva un tel soulagement que pour témoigner la satisfaction qu'il ressentait, il se mit à faire « ron-ron », en miaulant doucement, sur un ton bien différent de celui dont il criait et jurait quelques instants auparavant.

— Est-il gentil! est-il mignon! répétait la femme en lui passant doucement la main sur le dos.

— Eh bien Françoise! qu'est-ce que tu fais donc? criait une grosse voix grondeuse; nous t'attendons pour souper!

— Me voilà! répondit Françoise.

Et elle se mit à courir dans la direction d'où venait la voix, emportant le pauvre Mistigris qui se demandait, non sans une secrète

4

appréhension , quelle nouvelle aventure l'attendait.

Françoise et Jacques, son mari, faisaient métier d'aller de ville en ville, de village en village, s'arrêtant dans tous les endroits où se tenaient des foires ou des assemblées. Ils s'efforçaient par différents moyens, de gagner un peu d'argent.

La femme disait la bonne aventure aux gens assez crédules pour croire aux sottises qu'elle leur débitait; le mari montrait des animaux savants : des chiens , des singes, des rats, des oiseaux; une fois même il avait pu dresser un âne à frapper du pied la terre à certains signes de son maître, et il avait réalisé ainsi de grands bénéfices. Quand il n'avait pas d'animaux savants, il faisait exécuter, sur la place publique, des tours de force par ses trois enfants, Jean, Aurore et Pierrot. Jean, l'aîné, avait dix ans; la petite Aurore en avait sept, et Pierrot quatre. Les deux derniers étaient si petits, si frêles, qu'ils faisaient pitié; mais comme leur petite taille ne les empêchait pas d'être lestes et courageux, et qu'elle excitait, au contraire, l'intérêt des badauds, Jacques et Françoise en prenaient facilement leur parti.

Jacques était du Midi, ainsi que sa femme; mais comme il avait quitté le pays dès son enfance, son accent était moins prononcé que celui de Françoise. Toute la famille voyageait à petites journées dans une de ces longues voitures de saltimbanques, servant à la fois de moyen de transport et d'habitation.

C'est dans cette voiture, re irée
pour la nuit dans un chemin de tra-
verse peu fréquenté, et transformée
alors en salle à manger, que M.
Mistigris fut introduit par sa nouvelle protectrice.

— Qu'est-ce que c'est que cela ?
demanda Jacques d'un ton brus-
que.

— C'est lé chat qui faisait tant
dé vacarmé, donc, répondit Françoise ; vois comme il est joli ! J'ai
pensé qué peut-êtré il pourrait nous
servir.

— Oui, quand ce ne serait qu'à
faire une gibelotte ! reprit Jacques,
à qui Mistigris trouvait en ce moment une prodigieuse ressemblan-
ce avec les ogres des contes de
fées. Mais tu as raison, ajouta-t-il,
c'est vraiment un bel animal, et je
trouverai moyen de l'utiliser.

L'utiliser! comment? C'est ce que Mistigris se demandait tout bas avec inquiétude, car il commençait à acquérir , à ses dépens , une expérience plus réelle que celle qu'il croyait posséder jadis. Néanmoins, comme ce soir-là on se contenta de lui donner un bon repas et de lui indiquer l'endroit où il devait passer la nuit, Mistigris, toujours philosophe, résolut de remettre au lendemain toute préoccupation sérieuse. Il soupa de bon appétit et s'endormit bientôt d'un profond sommeil sur un lit de paille fraîche.

Il ne tarda pas à comprendre ce qu'on attendait de lui. Dès le lendemain, Jacques l'habilla d'une jupe rouge et d'une veste de velours, il lui mit sur la tête un chapeau à plumes (le tout avait appartenu à

un singe savant, depuis longtemps
passé de vie à trépas) et commença
son éducation. Il fallut que Mistigris
s'habituât à marcher sur les pattes
de derrière, à tenir un bâton entre
ses pattes de devant comme si c'eût
été un fusil, et consentît enfin à se
prêter à tous les caprices de son
nouveau maître.

Quelle humiliation pour un poète
dont le nom devait passer à la postérité! Plus d'une fois notre héros
essaya de se révolter contre la ty-
rannie de Jacques; mais celui-ci
avait des moyens de persuasion
auxquels il était difficile de résister;
les coups, la prison, le jeûne surtout
lui servaient à assoupiir les carac-
tères les plus rebelles.

On se dirigeait vers l'Allemagne,
et Jacques rêvait de composer une
troupe de chats savants destinée à

Il lui mit sur la tête un chapeau à plumes.

faire l'admiration des habitants du pays de Bade, du Wurtemberg, de la Bavière, voir même de l'Autriche.

Pour réaliser ce projet, ils se procura un certain nombre de chats qu'il essaya de dresser. Mistigris accueillit les nouveaux venus avec courtoisie, espérant rencontrer enfin parmi eux un ami capable de le comprendre; malheureusement c'étaient des chats ayant toujours vécu à la campagne, dont l'intelligence n'avait pas reçu la moindre culture et qui étaient complètement incapables d'échanger la moindre idée avec M. Mistigris.

Leur stupidité était si grande que les moyens de conviction de Jacques échouèrent complètement avec la plupart d'entre eux, qui se laissèrent mourir de faim sans pou-

5..

voir retenir un seul point des leçons de leur maître.

On arriva à Strasbourg.

— Enfin! se dit notre héros, je vais donc trouver à qui parler! car il est probable que les habitants de cette grande ville sont plus civilisés que ceux des villages environnants !

L'évènement sembla devoir justifier ses prévisions, car il entendit Jacques raconter, en déjeunant, qu'il était en pourparlers afin d'acheter un chat dont on vantait fort l'adresse et l'intelligence.

Mistigris tremblait que le marché ne fût pas conclu ; aussi quand Jacques revint, le soir, apportant l'animal en question, notre poëte, en dépit de sa gravité, se mit-il à sauter de joie, au grand étonnement de tous les assistants.

Le nouveau venu avait, en effet, une physionomie douce et intelligente ; il répondit gracieusement au salut de Mistigris, puis ces deux remarquables personnages en vinrent à échanger quelques paroles de politesse.

O déception ! ô douleur ! Mistigris éprouva le plus cruel désappointement en s'apercevant que les miaulements de celui qu'il considérait déjà comme son ami étaient complétement inintelligibles pour lui. Le chat acheté par Jacques était Allemand et ne comprenait pas le français !...

Le chagrin qu'éprouva M. Mistigris en perdant l'espoir de trouver un ami qui pût le comprendre (car plus il avancerait en Allemagne, moins il aurait de chances de rencontrer des compatriotes) abattit complètement son courage. Il devint triste, morose, perdit l'appétit et tomba enfin dans un état si pitoyable, que les recettes que ses talents valaient à son maître diminuèrent sensiblement.

Un jour que Jacques avait essayé de donner une représentation à Munich, à la porte du Jardin Anglais, il fut abordé par une jolie fillette de dix à douze ans, accompagnée d'une femme de chambre.

— Vous êtes Français ? lui demanda-t-elle en français. mais avec un accent germanique.

— Oui, mademoiselle, répondit Jacques, ôtant respectueusement son chapeau.

— Pourquoi ce chat a-t-il l'air si triste ? demanda-t-elle en désignant Mistigris. Est-ce qu'il est malade ?

— Non, dit l'homme, mais il s'ennuie. C'est un chat français, il regret-
te son pays.

— Est-il possible ? s'écria la petite en battant des mains. Ma tante
a rapporté de Paris un joli chat
angora qui est toujours de mauvaise humeur. C'est peut-être aussi
parce qu'il s'ennuie. Voulez-vous
me vendre le vôtre ? On les mettra
ensemble et ils ne s'ennuieront
plus. Voici un thaler.

Jacques réfléchit que Mistigris
paraissait malade , qu'il pouvait
mourir bientôt, et il consentit au
marché, mais il exigea deux tha-
lers. La petite fille les lui donna,
malgré les observations de sa bon-.
ne, et porta en triomphe M. Mistigris à sa tante. Comme il était heureux, ce pauvre Mistigris ! Il allait
donc voir enfin un compatriote, un

chat bien élevé, habitué aux usages de la bonne société. Là, plus de déception à craindre! Sa joie était complète. La tante fut presque aussi enchantée que sa nièce. Pour que Mistigris pût faire connaissance avec son compatriote, elle l'introduisit dans le salon où était celui-ci et elle se retira.

Mistigris aperçut un magnifique chat angora reposant sur les coussins d'un canapé de satin bleu. Celui-ci ne dormait pas, mais fixait sur le visiteur des yeux étincelants qui ne paraissaient pas exprimer positivement la bienveillance.

— Il me prend pour un Allemand! pensa Mistigris, qui alla s'asseoir sur le tapis, en face du canapé, et, ne sachant trop comment entamer la conversation, demanda à son compatriote si une petite balle, oubliée par terre, lui appartenait ?

Un grondement sourd, suivi d'un horrible jurement, lui repondit. Le chat angora se mit soudain sur la défensive et parut provoquer Mistigris au combat. Celui-ci était trop brave pour reculer. Le salon devint le théâtre d'une lutte épouvantable. La tante éplorée accourut, suivie de sa nièce et de tous les domestiques.

— Voyez! voyez! s'écriait chacun ; ce méchant chat a battu notre beau Mimi, notre joli Mimi, notre cher Mimi!

On parlait allemand, mais Mistigris comprenait au ton dont ces paroles étaient prononcées et aux gestes qui les accompagnaient, que ce n'était pas lui qu'on plaignait. sa fureur s'en accrut et il allongea un bon coup de griffe sur la main d'un domestique qui voulait le prendre.

— Il est méchant ! il est enragé ! s'écria de nouveau la tante ; chassez-le que je ne le revois plus.

L'ordre fut promptement exécuté, et Mistigris, guéri à jamais de l'envie de chercher un ami capable de le comprendre s'orienta pour tâcher de retrouver la voiture qui servait de demeure à Jacques et à Françoise.

Le salon devint le théâtre d'une lutte épouvantable.

**Arrivée de Mistigris en Angleterre. — Son igno-
rance de la langue du pays. — M. Mistigris
veut devenir célèbre. — Ce qu'il devient.**

Il était en ceci, fidèle à l'instinct
de sa race ; quoiqu'il eût fort peu
d'amitié pour Jacques et Françoise,
   il s'était habitué à vivre dans la
grande voiture des saltimbanques
et il s'y trouvait mieux que partout
ailleurs.
   Pour cette fois, le hasard servit
M. Mistigris mieux qu'il n'aurait

osé l'espérer, car il avait à peine fait dix pas dans la rue qu'il rencontra Françoise :

— Eh! c'est notre beau Minété! s'écria celle-ci toute joyeuse. On t'a donqué déjà chassé, mon pauvré pétité? Jé l'avais bien dité à Jacqués qu'il avait eu tort dé té vendré!

En disant ces mots, elle l'accablait de caresses, Mistigris, de son côté, paraissait fort satisfait. Tous deux reprirent ensemble le chemin de la maison (c'est-à-dire de la voiture), où leur arrivée fut saluée par les exclamations de joie de Jacques et des trois enfants.

— Eh bien, femme, s'écria Jacques, puisque nous avons retrouvé le principal acteur de notre troupe, j'ai bien envie d'aller tenter la fortune en Angleterre, comme tu me le conseillais l'autre jour.

— Jé crois qué c'est là cé qué tu peux fairé dé mieux, répliqua Françoise ; et, si tu lé veux, nous pouvons dès démain nous mettré tous en routé.

Il fut donc résolu que dès le lendemain on quitterait Munich. M. Mistigris présent à cette délibération, n'entendit pas, sans une émotion bien vive, annoncer ce prompt départ. Il allait connaître l'Angleterre ! Il voyagerait sur mer ; il contemplerait cette immense étendue d'eau, ces vagues, dont la plupart des poètes on chanté la perfidie ! Comme poète, observateur, moraliste et philosophe, Mistigris aurait dû se réjouir du voyage projeté. Mais, on le sait, les chats ont horreur de l'eau, et, il faut bien l'avouer, il éprouvait plus de crainte à la pensée des dangers qu'il allait courir, que de joie en songeant aux curieuses observations qu'il serait à même de faire.

Jacques et sa femme, qui étaient loin de soupçonner les graves préoccupations de M. Mistigris, s'occupaient activement de leurs préparatifs de départ, qui ne pouvaient être bien considérables, attendu que la modicité de leurs ressources les forçait à se contenter du strict nécessaire.

On reprit à petites journées le chemin de Stuttgard, donnant, lorsque l'occasion s'en présentait, quelques représentations pour diminuer un peu les frais du voyage. On visita Carlsruhe, Metz, et bon nombre de villes et de villages dans lesquels M. Mistigris, s'il eût

été moins préoccupé de ses crain-
tes au sujet de la traversée qu'il
avait en perspective, aurait pu faire
d'intéressantes remarques et ras-
sembler des matériaux précieux,
pour composer le grand poëme cri-
tique et philosophique qui devait,
pensait-il, rendre à jamais son nom
célèbre.

Mais nous l'avons dit, Mistigris
avait oublié tous ses rêves de gloire ; il songeait tout prosaïquement
à s'échapper de la grande voiture
et à fuir, comme ses plus terribles
ennemis, ceux qui voulaient l'expo-
ser à de pareils dangers.

Une fois il réussit presque à exécuter son projet ; il s'était déjà
éloigné de plus de cent pas, lorsqu'il
fut rejoint par Françoise et ramené
au gîte, où pendant deux jours on
le priva de nourriture. Depuis ce

moment, le pauvre Mistigris fut sévèrement surveillé et dut renoncer à toute tentative d'évasion.

Lui, qui méprisait les chiens à cause de leur docilité, lui, qui se vantait jadis de l'indépendance de son caractère, avait trouvé son maître. La faim l'avait dompté, il obéissait pour obtenir de Jacques un peu de nourriture.

On comprendra combien sa vanité devait souffrir! Cependant, comme il était philosophe et habitué à se prodiguer à lui-même des consolations chaque fois qu'il lui arrivait quelque désagrément, il se disait que, s'il obéissait à Jacques, il n'aimait pas Jacques; que, s'il restait avec lui, c'était parce qu'il y était forcé, mais qu'il saisirait avec empressement la première occasion qui lui serait offerte de le quitter. Il était donc, à son avis, bien supérieur au chien, qui s'attache à son maître, qui lui est fidèle, qui lèche la main qui le bat, et devient l'ami, le serviteur dévoué de celui qui le nourrit.

En pensant ainsi, M. Mistigris prouvait jusqu'à l'évidence, que sa nature était mauvaise ; car, ce qu'il méprisait chez le chien, c'étaient justement les excellentes qualités qui placent celui-ci au dessus du chat et font de lui le commensal préféré de la plupart de nos maisons.

Quoi qu'il en soit, Mistigris, forcé d'obéir à Jacques, se consolait ainsi en pensant qu'il n'était au pouvoir de personne de l'apprivoiser complétement, de le rendre bon et affectueux. Triste consolation.

6

Après un long et pénible voyage, on arriva à Calais. Mistigris aurait voulu au moins voir la mer avant de s'embarquer ; mais ni Jacques, ni Fraçoise, ne songèrent à lui procurer ce plaisir. Il resta, ainsi que ses compagnons, soigneusement enfermé pendant que ses maîtres s'occupaient de régler la grande affaire de leur passage.

Un jour, on le plaça dans un panier, dont le couvercle, solidement attaché avec des cordes, laissait cependant pénétrer assez d'air pour que le chat pût respirer. Jean mit le panier à son bras, tandis que Jacques et Françoise et les deux plus jeunes des enfants en faisaient autant pour les autres acteurs de la troupe.

Mistigris entendit des cris, des disputes. il fut rudement secoué dans le panier où il était enfermé ; mais malgré tous ses efforts pour apercevoir, en regardant entre les brins d'osier, l'endroit où il se trouvait, il ne put y parvenir.

Un temps bien long s'écoula de la sorte. Puis il entendit que ses maîtres causaient avec plusieurs personnes, qu'à leurs voix Mistigris jugea lui être inconnues.

Enfin ! enfin ! Françoise ayant ôté des mains de Jean le panier qui servait de prison à notre héros, se mit en devoir d'en détacher le couvercle pour donner un peu de liberté au pauvre captif !

Avec quelle joie Mistigris s'élança hors de sa cage d'osier, avec quelle ardente curiosité il se mit à regarder tous les objets qui l'entouraient !

Quelle fut sa surprise en se trouvant dans une petite chambre assez malpropre (on conçoit que dans leur état de fortune Jacques et Françoise voyageaient aux dernières places.) Il faisait nuit, et la cabine était passablement éclairée, mais M. Mistigris ne pouvait en croire au témoignage de ses yeux. Il s'était imaginé, au moment où on l'avait mis dans le panier, qu'on se préparait pour la traversée, et voilà qu'on avait seulement changé de logement! c'était à n'y rien comprendre!

Jacques, Françoise et leurs enfants étaient assis près d'une table sur laquelle on voyait les restes du frugal repas qu'ils venaient de prendre. Plusieurs hommes du peuple et deux ou trois femmes que Mistigris n'avait jamais vus auparavant causaient avec ses maîtres. On entendait continuellement un grondement sourd, une sorte de roulement, dont le chat voyageur ne pouvait s'expliquer la cause. Il lui semblait aussi, par moments, que la maison n'était pas solide, le plancher tremblait, les bouteillles, les verres placés sur la table s'entrechoquaient avec des bruits étranges. Mistigris, qui avait pour habitude de vouloir tout expliquer, se dit que ce qu'il éprouvait était une suite de sa longue détention dans le panier, que tous ses membres étaient tremblants, sa vue moins bonne qu'à l'ordinaire et que, bien certainement, les bruits qu'il croyait entendre, oscillations qu'il attribuait à la maison, n'existaient que dans son imagination,

troublée par l'ennui de sa captivité.

Néanmoins, comme le malaise
qu'il éprouvait augmentait de plus
en plus, il crut devoir se réfugier
sous une banquette, où il espérait
trouver un peu de calme et de
repos.

Il n'y fut pas plus tôt qu'il s'enfuit
tout effaré; car le grondement qu'il
avait déjà remarqué (et qui n'était
autre que le bruit de l'eau frappant
contre les parois extérieures du
vaisseau) se faisait entendre là plus
fort encore que sur la banquette où
Françoise avait déposé Mistigris.

Les enfants riaient beaucoup de
l'effroi qu'il témoignait, ainsi que
les autres chats, acteurs de la petite
troupe de Jacques. Les pauvres

animaux couraient de tous côtés et se pressant près de la porte dans l'espoir de s'enfuir dès qu'elles'ouvrirait.

— Attends, mon beau Mimi, lui dit Jean, qui lui témoignait toujours beaucoup d'affection. Je vais te montrer la mer, cela te distraira.

Et l'enfant, prenant le chat dans ses bras se mit en devoir d'ouvrir une des petites fenêtres de la cabine, sans s'apercevoir de l'émotion que ses paroles avaient causée à M. Mistigris.

Il allait voir la mer! Mais où? comment? Quel nouveau danger allait-il avoir à courir? Qu'allait-il se passer?

Son incertitude ne fut pas de longue durée, car Jean, ayant

réussi à ouvrir la fenêtre, éleva
tout à coup Mistigris assez haut
pour qu'il pu contempler le terri-
ble élément qui lui causait tant
d'effroi.

Notre héros vit une immense
nappe d'eau, un ciel sombre, où
brillaient à peine quelques étoiles,
et puis rien de plus ! Il cherchait à
découvrir sur le bord, des arbres,
des maisons, des villages comme
il en avait vu au bord des rivières
qu'il avait traversées, mais rien !
rien que le ciel et l'eau ! Aussi loin
que sa vue pouvait s'étendre il
n'apercevait que les vagues s'élevant les unes au-dessus des autres,
à une assez grande hauteur (car
le temps était mauvais), s'avançant
jusqu'au vaisseau dont, en se bri-
sant, elles couvraient les parois

d'écume, et se retirant en grondant comme si elles eussent été furieuses contre l'obstacle imprévu qui arrêtait leur course.

Et Mistigris n'était séparé de l'abime que par quelques planches ! Il était prisonnier dans cette maison mobile qui l'emportait loin de son pays, et qui, d'un moment à l'autre, pouvait être engloutie avec tout ce qu'elle renfermait !

A cette horrible pensée, M. Mistigris, pris de convulsions soudaines, se rejeta si violemment en arrière que Jean en fut effrayé et le laissa échapper. Ceci n'avait, du reste, nul inconvénient ; toute tentative de fuite était impossible.

Mistigris, éclairé désormais sur la cause du bruit qu'il entendait, et ne voyant aucun moyen de se soustraire au sort fatal qu'il croyait lui être réservé, prit le parti d'aller se pelotonner sur une banquette, dans le coin le plus sombre de la cabine, d'où il observa d'un œil inquiet et soupçonneux tout ce qui se passait. Il avait tort cependant, ce chat d'une intelligence si remarquable, de se tenir ainsi éloigné de la table autour de laquelle Jacques et Françoise causaient avec quelques voyageurs ; car, pour lui surtout, la conversation aurait été palpitante d'intérêt.

On avait d'abord causé de choses différentes, puis on en était venu à parler « d'affaires. » L'un des interlocuteurs, nommé Guillaume, avait raconté qu'après avoir été danseur de corde, faiseur de tours de gobelets, saltimbanque en un mot, il avait

eu la chance d'être attaché à ⸀a personne du général Tom Pouce, nain
célèbre en Angleterre, et qu'à son
service il avait gagné une bonne
somme d'argent.

— Pourquoi l'avez-vous quitté,
alors ? demanda Françoise.

— Ah ! voilà, dit l'homme ; je ne
l'ai pas quitté, j'ai fait avec lui plusieurs voyages sur le continent, et
je serais volontiers resté à son service, mais j'ai été calomnié, moi,
l'homme le plus honnête de France
et d'Angleterre! on a osé dire que
je ne méritais pas la confiance qu'il
me témoignait. Mais les honnêtes
gens sont toujours calomniés!

Et, poussant un profond soupir,
Guillaume se prépara un grand
verre d'eau-de-vie.

Jacques et Françoise ne paraissaient qu'à demi convaincus de la parfaite honnêteté de leur compagnon de route. Aussi fut-ce d'ur ton un peu froid que le premier reprit :

— Et maintenant, qu'allez-vous faire ?

L'autre haussa les épaules en répondant :

— Je vais reprendre mon premier métier, donner des représentations en plein air. Mais je suis seul, je ne réussirai pas à grand'chose; vous avez de la chance, vous ; avec vos trois enfants, vous pouvez organiser des réprésentations superbes... Oh! quelle idée! s'écria soudain Guillaume en se frappant le front voulez-vous vous associer ?

— Pourquoi ? s'écria Françoise;

pour apprendré des tours à mes
enfants? leur disloquéré les mem-
brés, à ces pauvrés innocents! Non,
monsieur, jé né veux point!

— Eh! qui vous parle de leur
faire faire des tours? reprit Guillaume; j'ai une autre idée, bien
meilleure que celle là! Écoutez : le
général Tom Pouce n'est pas en
ce moment en Angleterre et n'y
reviendra pas de sitôt. Il y a déjà
longtemps qu'il est à l'étranger;
assez longtemps pour que les badauds anglais aient oublié ses traits.
Vous avez là deux enfants (les deux
plus jeunes), qui rempliraient à
ravir les rôles de Tom Pouce;
l'aîné de vos garçons, qui n'est
pas non plus très grand pour son
âge, servirait parfaitement de
cocher, car nous aurions un petit

carosse, tout pareil à celui qu'avait le véritable Tom Pouce!

Pour faire cette proposition, Guillaume avait entraîné Jacques et Françoise à l'écart, et avait baissé la voix, car il ne se souciait pas de mettre tous les passagers dans la confidence. Jacques paraissait presque tenté, mais Françoise n'était nullement éblouie par cette proposition.

— Pas de ça! dit-elle résolument. Cé sérait uné superchérié, et un beau jour nous sérions tousé mis en prisoné, avecqué les pauvrés pétis!

— D'ailleurs, fit Jacques, pour avoir un carosse et des petits chevaux comme ceux de Tom Pouce, et pour donner des séances comme

Il en donnait, il faut beaucoup d'argent, et nous n'en avons pas.

— Moi j'en ai un peu, dit Guillaume; et je suis tellement sûr que mon idée ferait notre fortune à tous, que je n'hésiterais pas, pour la mettre à exécution, à dépenser tout ce que je possède!

Jé crois bien, dit encore Françoise, vous né risquériez qué votre argent, vous! tandis qué nous risquérions nos pauvrés enfants.

— Nullement! dit Guillaume ; je vous assure qu'ils ne courront aucun danger, et qu'après avoir donné des représentations pendant six mois ou un an, vous serez assez riches pour vivre sans travailler, et pour faire élever vos enfants comme des seigneurs.

7.

— Mais qué fôrions-nous dé tous nos chats? dit Françoise à demi décidée; nous avons payé un supplément dé bagagés pour les embarquer, faudrait-il doncqué nous défairé de cés pauvrés bêtes?

— Du tout! du tout! répondit vivement Guillaume; grâce à eux, nous ferions, au contraire, des représentations très complètes; je commencerais par mes tours de force et mes tours de gobelets; ensuite viendraient les exercices de votre petite troupe, et le général Tom Pouce daignerait paraître pour clore dignement la séance.

Après quelques objections de la part de Françoise, on finit par tomber d'accord.

Et Mistigris, toujours préoccupé

de l'idée d'un naufrage possible, ne s'était aperçu de rien!

Quelques jours plus tard, complètement remis des fatigues du voyage, notre héros trouva des occasions nombreuses d'exercer le génie observateur dont la nature l'avait doué.

Jacques, avec sa femme et ses enfants (ainsi que les acteurs de la troupe), étaient installés, non plus dans un misérable grenier comme celui qu'ils habitaient jadis, mais dans un confortable appartement d'un hôtel de Londres. Un salon, meublé avec élégance, était disposé pour les visiteurs que ne manquerait pas d'attirer la renommée de «l'illustre général Tom Pouce,» représenté par Pierrot, et de «l'aimable milady Tom Pouce » qui n'était autre que la petite Aurore.

Les deux enfants revêtirent les brillants costumes que Guillaume, plus au courant que Jacques de la langue et des usages du pays, s'était chargé de leur faire faire. Jean eut un habit de cocher, galonné sur toutes les coutures, et tout le monde descendit dans la rue, y compris Mistigris, que Françoise portait dans ses bras.

A la porte de l'hôtel stationnait un petit carrosse, proportionné à la taille d'Aurore et de Pierrot, et attelé de deux chevaux, si petits qu'il avait fallu toute l'intelligence de Guillaume, et de plus une forte somme d'argent pour se les procurer.

On installa les deux enfants dans

le carrosse ; Mistigris en face d'eux, sur la banquette de devant, et Jean sur le siège, tenant en main les rênes. Seulement, et pour plus de sûreté, Jacques prit l'un des d'eux chevaux par le mors et les condui- sit au pas, car Jean n'était pas un fameux cocher. Dans cet équipage on se mit en route pour traverser la ville et se rendre à un petit théâ- tre où devait avoir lieu la première représentation. Les enfants, Guil- laume et Jacques lui-même étaient enchantés ; Françoise seule sem- blait profondément triste et ne cessait de répéter :

— Cé qué nous faisons là n'est pas honnêté ; c'est uné trompérié, aussi sûré qué lé bon Dieu nous punira !

Jamais M. Mistigris n'avait été si

content. Les badauds se pressaient en foule autour de la voiture, et l'attention publique se portait autant sur lui que sur les enfants.

Gravement assis à la place où on l'avait mis, il regardait à droite et à gauche avec une dignité majestueuse qui lui seyait à ravir. Les passants le montraient du doigt avec admiration; puis ils lisaient à haute voix les mots imprimés sur une grande affiche qu'un domestique, engagé par Guillaume, portait derrière la voiture. Malheureusement, Mistigris ne comprenait rien à tout ce qui se disait autour de lui. Ces mots « Great attraction! Great exhibition! General Tom Thumb!» qu'il entendait sans cesse répéter, ne lui apprenait rien. Mais, trou-

vant inutile de se consoler à pro-
pos d'un inconvénient auquel il ne
pouvait remédier, notre philosophe
jugea préférable de traduire à sa
manière les exclamations qui frap-
paient ses oreilles, et de s'abandonner à des rêves de gloire.

— Evidemment, pensait-il, tous
ces gens ne sont ici que pour moi!
Ils ont appris qu'un poète illustre
était arrivé dans leur pays, et ils
s'efforcent de me témoigner la joie
qu'ils ont de ma visite. Bons
Anglais, je vous comprends, j'ap-
précie vos excellentes intentions,
je vous en remercie!

Et Mistigris, fermant à demi les
yeux, penchait gracieusement la
tête tantôt à droite, tantôt à gauche,
comme pour saluer d'un air benin

la foule assemblée sur son passage.

Il fut un peu désappointé lorsque Jacques se mit en devoir de lui faire faire, devant ce même public, ses exercices accoutumés. Mais il se consola bientôt de cette petite humiliation en se persuadant qu'il y avait là quelque méprise, qui ne pouvait durer longtemps.

Malgré les sinistres pressentiments de Françoise, la représentation s'acheva heureusement : « l'illustre général Tom Pouce fut accueilli par des applaudissements enthousiastes, et reconduit en triomphe jusqu'à sa voiture.

— Vous voyez, disait Guillaume toutjoyeux, en revenant et en montrant la recette à ses associés, que mon idée n'était pas si mauvaise !

Sa joie ne fut pas de longue durée. En arrivant à l'hôtel, les triomphateurs furent reçus par deux constables, accompagnés de plusieurs policemen, qui les arrêtèrent comme escrocs.

— Nous sommes innocents ! criait la pauvre Françoise ; épargnez mes pauvrés pétits enfants, c'est cé maudit Guillaumé qui est causé dé tout !

Un des constables, qui parlait un peu le français, la rassura en lui disant que, très-certainement on ne se montrerait pas pour eux aussi sévère que pour Guillaume, en qui ils avaient eu grand tort de mettre leur confiance, car c'était un fripon de la pire espèce, qui plusieurs fois déjà avait été condamné comme voleur. Cependant, malgré cette assurance, on commença par les emmener tous, parents et enfants.

Mistigris fut le seul à qui nul ne daigna faire attention. Il resta tranquillement assis dans le carosse, s'imaginant que tout ce bruit avait lieu à cause de lui, et qu'il était, décidément, sur le chemin de la célébrité.

Or, quand les constables, les policemen et les saltimbanques se furent éloignés, le maître de l'hôtel, resté seul vis-à-vis du carosse, se mit à pousser des gémissements lamentables, demandant qui lui rembourserait les dépenses qu'il avait faites pour le prétendu général Tom Pouce.

Tout à coup il aperçu Mistigris.

— Ah! misérable chat! s'écria-t-il en anglais, tu paieras pour tous!

Et déjà il s'apprêtait à briser contre un mur la tête du pauvre poète lorsqu'un de ses marmitons l'arrêta en lui rappelant que, dans l'appartement qu'avait occupé Tom Pouce, se trouvaient encore une demi-douzaine de chats, et qu'au lieu de les tuer, il ferait mieux, pour se dédommager un peu des dépenses qu'il avait faites, de les vendre au propriétaire de quelque petite taverne, qui en ferait d'excellentes gibelottes.

A cette idée, le maître d'hôtel daigna sourire en appliquant un formidable coup de poing sur l'épaule de Sam, son marmiton, à qui il ordonna d'aller sans plus tarder, lui chercher les compagnons de Mistigris.

Hélas! moins d'une heure après, le marché était conclu; on jetait le poëte incompris dans un grand sac pêle-mêle avec les autres victimes d'une atroce cupidité, et on les transportait, malgré leurs miaulements désespérés, dans la cuisine d'une des plus affreuses tavernes de Londres.

. . . .

C'est là que finit l'infortuné M. Mistigris! Tant de génie s'éteignit au fond d'une casserole, noyé dans une sauce qui fit les délices des habitués de la taverne!

Cependant, ne nous apitoyons pas trop sur la destinée de ce chat philosophe. M. Mistigris ne méritait que fort peu d'intérêt. Il était égoïste, vaniteux, ingrat. S'il était resté dans son premier logis, auprès de sa petite maitresse, si douce, il n'aurait pas été exposé à tant de périls. Si, recueilli par deux bons petits garçons, il s'était montré reconnaisant de leur hospitalité, il aurait évité la mort tragique qui termina son existance aventureuse.

Mais il est vrai qu'alors nous n'aurions pas pu vous raconter les aventures de M. Mistigris. Or, comme nous aimons beaucoup à nous entretenir avec nos chères petites lectrices, nous aurions été par là privés d'un grand plaisir.

FIN

Limoges. — Imp. Marc BARBOU et Cⁱᵉ.

www.ingramcontent.com/pod-product-compliance
Lightning Source LLC
Chambersburg PA
CBHW060823250626
47162CB00005B/1923